121 歲的瑪麗在查特努加市。

瑪麗讀書給她的老師海倫·凱利聽。

海倫·凱利頒發瑪麗的第一份結業證書給她，
宣告她學會閱讀了。

獻給我的大姐瑪琳娜 D・羅素，她很喜歡
和我分享自己學會的初級字彙。──R.L.H.

獻給我的人生導師艾波和茱蒂蘇──O.M.

©114 歲的新生：瑪麗・沃克奶奶的閱讀之旅
文字／麗塔・蘿雷妮・赫伯德　繪圖／歐葛・摩拉　譯者／劉清彥
創辦人／劉振強　發行人／劉仲傑　出版者／三民書局股份有限公司
地址／臺北市復興北路 386 號（復北門市）(02)2500-6600
臺北市重慶南路一段 61 號（重南門市）(02)2361-7511
書籍編號：S859531　ISBN：978-957-14-7168-6
法律顧問：北辰著作權事務所　蕭雄淋律師
※著作權所有，侵害必究
※本書如有缺頁、破損或裝訂錯誤，請寄回敝局更換。
2021 年 4 月初版一刷
2024 年 7 月初版二刷

小山丘官網

參考文獻

Bowles, Jay. "Former Slave Is Nation's Oldest Student." *Modern Maturity*. Feb–Mar, 1967: 27.

Collins, J. B. "Ex-Slave Says First Airplane Ride 'No Different from Hoss and Buggy.'" *News Free Press*. May 6, 1966.

Edwards, Jr., John Loyd. *The Ex-Slave Extra: Never Too Old, Coming from Slavery thru Slums to Celebrity*. Help, Inc., 1976.

"'Grandma' Walker's Inspiration." *Chattanooga Post*. December 4, 1969.

Gunn, T. R. "A Slave Who Escaped." *Mahogany*. July 24, 1979: 17.

"Literacy Student, Age 99, Honored on Birthday." *Chattanooga Times*. June 2, 1965. [Historical Note: It has been determined that Mary Walker was 116 years old on June 2, 1965.]

Ozmer, Marianne. "103 and Still Going Strong." *News Free Press*. May 7, 1969. [Historical Note: It has been determined that Mary Walker was 121 years of age in 1969.]

Patten, Lee. "Gramma Honored on 100th Birthday." *Chattanooga Times*. May 7, 1966. [Historical Note: It has been determined that Mary Walker was 117 years old on this date.]

114歲的新生

瑪麗・沃克奶奶的閱讀之旅

麗塔・蘿雷妮・赫伯德／文　歐葛・摩拉／圖

劉清彥／譯

小山丘

只要小瑪麗·沃克覺得疲倦，就會用手遮擋陽光，
看著燕尾鳶在樹梢上空起伏翱翔。

她心想：自由應該就像那樣吧。

但是瑪麗不會看太久。就算當時只有8 歲 ，她也知道自己居住的阿拉巴馬州聯盟泉 (the Union Springs) 農場最重要的規定：

不能
停下工作！

她也很清楚第二條規定：奴隸不能接受教育，不能閱讀和寫字，
或是做任何可能幫助他們學習讀寫的事。

瑪麗不停的工作，也沒有學習閱讀。可是，每當她結束一整天漫
長的工作：摘棉花、提水給爸爸和其他劈柴做鐵道枕木的奴隸，
或是幫助媽媽打掃主人的大房子後，她都會躺上那張放在嗶剝作
響的壁爐旁的小床，想著那些鳥兒。

等我自由了，我想去哪裡就去哪裡，想休息就休息。
還有，我要學習閱讀。

15 歲那年，她的夢想成真了。瑪麗和媽媽，還有兄弟姐妹都自由了——《解放奴隸宣言》是這麼說的。可是它沒有說，一個一無所有、只剩破爛衣物的家庭，該如何找到食物、衣服和睡覺的地方。瑪麗的父親過世了，這個家庭只能靠自己。

自由之路！
邁向自由之路！

走過草原，穿越樹林，這些擺脫奴隸身分的人，就像
洶湧的波濤，重重拍擊海岸。現在，他們自由了，每
條路都是自由之路。許多人朝北方和西方前進，四處
尋找失聯許久的家人，或單純感受著自由的驚奇。

還有一些人，像瑪麗一樣選擇留在南方。

有個名為「自由民事務局」的組織，會幫助那些留下來的人，在南方邦聯荒廢的土地上，尋找能夠遮風避雨的地方。接下來幾年，瑪麗和家人住在只有一個房間的小房子，她和媽媽一起工作，餵飽弟弟妹妹。每週七天，她都在用攪乳器打奶油、清理房子和照顧別人家的小孩中度過。

日子好漫長，如果瑪麗渴了、餓了，或是需要上廁所，都必須等到回家才行。每當一個星期結束，她就會把自己辛苦賺來、微薄的兩毛五分錢交給媽媽。

有一天，瑪麗在路邊遇到一群傳教士。有位面容慈祥、臉上布滿柔細皺紋的女士，將一本美麗且厚重的《聖經》放在瑪麗手中，對她說：

你的公民權都寫在這裡面

瑪麗不知道什麼是公民權，她只知道這本書從頭到尾、從封面到封底都是文字。

她發下誓言：我要學會閱讀這些文字。

但不是今天。今天還有許多工作要完成。

明天也是。

瑪麗結婚後，她和丈夫成為佃農——租別人的房子、用別人的工具，
在永遠不屬於自己的農場土地上，栽種別人的作物。

收成後，幾乎所有賺來的錢都必須拿來支付房子、
工具和種子的費用。

瑪麗 20 歲那年，她的第一個兒子誕生了。

她打開自己的《聖經》，對裡面彎彎曲曲的文字線條感到非常驚奇，
卻還是沒有時間學習閱讀。

有一個朋友將瑪麗兒子的生日寫在《聖經》上：1869 年 8 月 26 日。

然後，瑪麗將鋼筆沾上墨水，在日期旁邊做了一個記號。不是文字，
也不是名字，只是個記號。她盡力了。

有一天，瑪麗的先生過世了。她再婚，第二個兒子出生，第三個孩子接著到來。瑪麗也為這幾個兒子都做了記號。現在，她有了三個日漸成長的男孩。

瑪麗心想：我們需要更多錢。

但是，當時黑人婦女可以做的其他工作只有女傭、保母和廚師。日子好漫長，只有在星期六可以休息半天，而且就像佃農的工作一樣，薪水很少。

瑪麗嘆了口氣。文字，必須再等一等了。

接下來的四十年，瑪麗透過當佃農，和許多額外的工作，幫忙分擔家庭開銷。

1917 年，瑪麗全家搬到田納西州的查特努加市。那年正好發生了查特努加大洪水，相關報導占滿報紙版面，瑪麗卻只能藉著照片理解發生了什麼事。

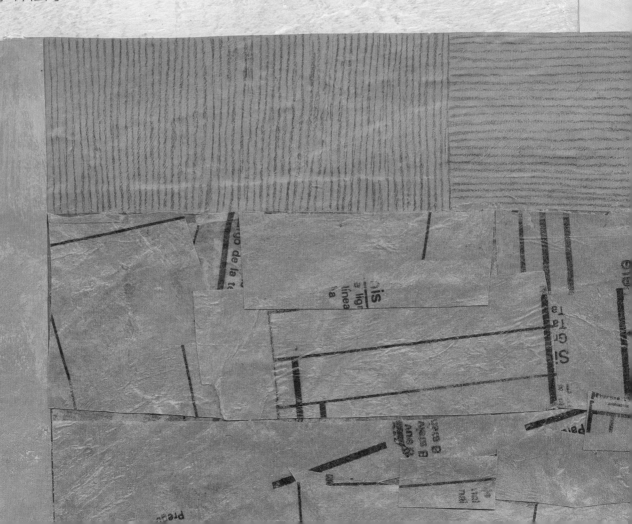

這時候瑪麗已經 68 歲了，年紀太大，沒有辦法再當佃農，
但她還是持續工作，煮飯、打掃和當保母。她也透過炸魚、
烤蛋糕和賣三明治，為教會募集資金。

星期天她都會坐在會眾當中，牧師講道的時候，她就緊緊
抱著自己的《聖經》，那本她依然讀不懂的《聖經》。

　　瑪麗健康的安度 90 歲時，她會和丈夫一起坐在嘎嘎作響的搖椅上，聽著其中一個兒子為他們讀《聖經》。兩個小兒子接連過世後，就只剩大兒子讀給他們聽。然後，瑪麗的丈夫過世了，幾年後，她 94 歲的大兒子也走了。

瑪麗是全家活得最久的人。
她已經 114 歲了，而且孤單一人。

「不會讀，」她說。「不會寫，我什麼都不知道。」

瑪麗站在養老院的窗邊，俯視著外面的世界。廣
告看板、建築物、商店櫥窗和卡車上，到處都是
文字。

她嘆了口氣，心想：都過了這麼久，
它們看起來卻依舊是彎彎曲曲的線條。

瑪麗聽說她住的這棟樓有招生中的閱讀班。她噘了噘嘴。「不能再等了，」她下定決心。「非學不可。」

離開公寓，走進電梯，一路下樓到大廳。電梯門打開的時候，瑪麗看見有人坐在一塊牌子下面，牌子上畫了一本攤開來的書，她讀不懂上面的字。

有個鄰居走向她。「瑪麗女士，那是閱讀班，需要我扶您過去嗎？」

瑪麗搖搖頭，她緊握著手杖，抬起下巴，直直走向那個牌子。

隔年和接下來幾年，瑪麗將全部的精力都投注在學習閱讀。
這很不容易，畢竟她是班上年紀最大的學生，也可能是全美
國最老的。像她這樣年紀的人能夠學會閱讀嗎？
她不知道，但依靠上帝，她要試試看。

她學習字母直到眼睛痠澀流淚，她記下每個字母的發音，並且
不斷練習寫自己的名字，寫到手指發麻。她先學習認一些「常
見的字」，再挑戰用那些字造一些簡短的句子。

她一直讀、一直讀，書本、書頁、字句和字母，直到她睡覺時
依舊盤旋腦海。

在一個美好的日子，瑪麗的努力有了回報。
她學會閱讀了！

她的成就被傳開，許多人從四面八方來祝賀她，其中包括查特努加市的市長和全國各地的新聞記者。有一位來自美國教育部的人說：「瑪麗·沃克女士，我正式宣布你是全美國最年長的學生。」所有人都分享了她的喜悅。

祝
沃克
奶奶
生日快樂

BUY

STOP

THE
TOWERS

BAKERY

PUB

瑪麗沒有遺憾了。她還是很想念自己的兒子，但只要她覺得孤單，就會閱讀《聖經》，或是看向窗外，讀下方街道上的文字。

從那以後，查特努加市每年都會為瑪麗舉辦慶生會，表彰她的成就。1966 年，詹森總統在瑪麗 118 歲生日時捎來祝賀；1969 年，尼克森總統也同樣祝賀她。那時的瑪麗已經 121 歲了。

這些年，瑪麗收到許多禮物：收音機、沙發、她的第一臺電視、新的《聖經》、市鑰、香水和加拿大皇家騎警隊送的香檳。

其中還有一份特別的禮物，一趟將她帶回多年前阿拉巴馬棉花田的旅程，那是她第一次搭飛機。瑪麗從座艙窗戶凝視著下方的樹木和屋頂。「和騎馬或搭馬車差不多嘛，」她開玩笑的說。但她內心明白這有多麼不同。

當飛機像兒時的那些燕尾鳶在空中起伏翱翔時，瑪麗發現，飛行就像閱讀——同樣可以讓人像鳥一樣自由。

每年在她的慶生會結束前，都會有人小小聲說：「我們來聽瑪麗女士朗讀吧。」

頓時，所有的騷動和腳步聲都會放輕，直到一點聲音也沒有。

接著，瑪麗會撐著她上了年紀的雙腿站起來，清清她上了年紀的喉嚨，用清晰有力的聲音朗讀《聖經》或課本。

讀完後，她會輕輕闔上書說：

學習永遠，
不嫌老

作者的話

瑪麗·沃克生於 1848 年 5 月 6 日。她從小就要摘棉花、挑水、清理房子和做鐵匠的工作。往後的人生中，瑪麗永遠忘不了，奴隸在未獲允許下擅自停止工作所受到的嚴厲處罰。然而，她很快就說自己原諒了所有傷害她的人。

我們對於瑪麗從 15 歲獲得解放，到 116 歲學會閱讀之間的人生所知甚少，但可以確知的是，那本《聖經》足足過了 101 年才等到她閱讀！據了解，瑪麗結過兩次婚，有三個兒子，其中一個兒子在第一次世界大戰時服役過。

我選擇以想像其他細節的方式來填補這段空白。

瑪麗的大兒子在 1963 年過世，她也在同年註冊加入了「查特努加區閱讀活動」。到了 1964 年，她已經學會讀寫和加減法。瑪麗也被認證為全美國最年長的學生，並且兩度擔任查特努加市親善大使。而她後來居住的養老院，也被重新命名為「瑪麗·沃克之家」。

瑪麗在 1966 年和 1969 年兩度獲頒查特努加市的市鑰。 1966 年 5 月 6 日她有了畢生第一次的飛行經驗，機長哈利·波特帶瑪麗飛越她住的公寓，讓她可以向下方的親友揮手致意。

瑪麗於 1969 年 12 月 1 日以高齡 121 歲過世前，她依然耳聰目明，也可以握筆穩健的寫下自己的名字，走路時，她最信賴的手杖只需要提供一點點的協助。她甚至還能縫製美麗的仕女帽，烘焙自己引以為傲「如羽毛般鬆軟」的蛋糕。

瑪麗一生歷經了二十六位總統。 位於田納西州查特努加市威爾卡斯大道 3031 號的「今日歷史紀念碑」2A73，記錄了她傳奇的一生。

瑪麗閱讀她最鍾愛的書
——《聖經》。

瑪麗第一次搭飛機。

瑪麗歡慶 99 歲生日。